우리 시대 현대시조 100인선 40

판소리로 우는 바다

김 남 환

태학사

우리 시대 현대시조 100인선 40

판소리로 우는 바다

초판 인쇄 2000년 12월 28일 • 초판 발행 2001년 1월 1일 • 지은이
김남환 • 펴낸이 지현구 • 펴낸곳 태학사 • 주소 서울시 서초구 서초
2동 1357−42 • 전화 (02) 584−1740 (代) • 팩스 (02) 584−1730 • e-mail
thaehak4@chollian.net • http://www.thaehak4.com • 등록 제22−1455호

ISBN   89-7626-615-3   04810 • ISBN   89-7626-507-6   (세트)

ⓒ 김남환, 2001
값 5,000 원

☞ 저자와 협의하에 인지를 생략합니다.
☞ 파본은 구입한 곳이나 본사에서 바꾸어 드립니다.

제3회 이호우시조문학상을 수상하고 선배님들과 함께
(앞줄 왼쪽부터 성춘복, 정완영, 필자, 심재완, 이상범, 뒷줄 왼쪽부터 최정석, 한 사람 건너 정재호, 박재두, 조영일, 정재익, 이호우의 차남) (1994)

스위스 인터라켄에서 열린 한국문학 심포지움. 현지에서 쓴 시를 낭송하고 있다(1994)

▲ 스위스 알프스 융프라우 정상. 눈부신 설경 속에서 미리시인회 후배들과 함께

◀ 문협에서 주관한 작고문인 징표사업의 일환으로 청도에 있는 이호우, 이영도의 생가로 가는 길목에서 잠시 감회에 젖으며

차례

제1부 가을 바라춤

제3부 친정에 와서

제1부 가을 바라춤

김시습의 푸른 기침

한 가닥 생각을 타고
바람을 거슬러 가면

복사꽃 자욱히 드는
한 필지 봄이 열려

극명한 임의 무지개
성큼성큼 다가온다.

피 묻은 모반의 땅에
눈물 뿌린 하얀 등뼈

목숨을 삭발하고
깊은 절망을 건너

청산을 걸어 잠그고
홀로 뚫은 피리 구멍

무시로 휘청거리는
창백한 강물 아래

불현듯 살아 서는
조선의 심줄 하나

두고 간 푸른 기침 소리
가슴 깊이 울린다.

빛으로 오는 바다

파도는 전신으로
시간을 키질하고

솔숲을 넘나드는
수상한 저 바람 소리

대관령 산철쭉 같은
봄을 불댕기는가.

겨우내 하늘 녹이며
담금질한 모국어

돋우는 기침 소리
깨어나는 내 노래여

무성한 어둠을 쓸고
푸른 숲을 세운다.

햇살이 요절하는
불면의 골짜기에

시방은 눈을 뜨는
은사시빛 물굽이들

눈부신 금강경 한 폭이
빛으로 다가온다

주왕산(周王山) 수달래*

사랑아,
네 정화수에
고향이 무늬진다.

천 길 어둠을 찢는
바위틈 수달래야

올봄도
햇빛 타고 와
눈썹 위에 나부끼네.

백팔번뇌는
쌍폭포에 쏟았어라.

새벽을 헹구는 참선
그 그윽한 언저리를

거슬러
더듬는 내 추억은
아, 번개처럼 금간 것

부푸는 땅거미의
무게를 가늠한다.

서른 해
끊긴 은하는
저승인가
이승이던가

노구재
얼어붙은 메아리
꿰비치는 수달래야.

* 수달래 : 경북 청송군에 있는 주왕산(周王山)의 전설에 얽힌 꽃으
  로, 주왕산(周王山)에만 핀다고 한다.

가을 꿈

어제는 그대 드실 빈 방에
흰 벽지를 발랐습니다.

이승의 땀과 먹구름 말갛게 씻어내고
한 가닥 바람을 딛고 소리죽이며 옮기는 투명한 발끝.
지난 봄, 밀화부리 꾀꼬리 비비새 휘파람새, 차례로 갈
마들던 앙상한 가지 끝으로 내리는 당신의 은빛 머리칼
어찌나 눈부셨던지요.

오늘은 고목 구멍같은 허기 위해
풀잎만한 햇살이 눈을 뜹니다.

어금니를 뽑고

씹어서 으깨었던
굴욕이 몇 만 섬이냐.

썩는 병 창궐하여
끝내 결딴난 종언

너 거둔
천 길 허구렁을
바람이 겉돌다 간다.

가을 바라춤

부처님,
나의 가을이
바라춤을 춥니다.

빛바랜 고깔을 쓰고
자바라 울리면서

흐르는 강물 위에서
구름같은 춤을 춥니다.

청산을 휘감고 도는
치렁한 소맷자락

파도처럼 출렁이는
장단을 타고 가면

떨리는 이승의 끝도

황홀한 신명입니다.

못다 푼 한을 풀 듯
분풀이라도 하는 듯

날개 큰 춤사위를
접을 수가 없습니다.

백학(白鶴)이 되기 전에는
거둘 수가 없습니다.

성큼 내디디면
아수라가 꺼지고

한 바퀴 회전하면
둥근 달이 되는 춤

부처님,
나의 가을이
바라춤을 춥니다.

겨울 산새는

깊은 겨울 속으로
오솔길 따라 가면

문득 귀에 고이는
해맑은 울음소리

푸른 꿈 두고 간 그 사람
산새 되어 와 있는가.

숲은 종일 칩거하여
앉은 자리 풀지 않고

휘휘 친친 혼을 감는
이승의 질긴 피울음

도솔천 서리꽃 아래
둥지 틀고 살자 한다.

가을에

설레임 재울 길 없어
문득 다다른 발길.

간밤 찬서리로
피빛 단풍(丹楓) 둘린 속에

차라리
나도 한 그루
물들어 서고 싶다.

그 어느 동굴(洞窟) 밑바닥
여울은 지새어 울고

다시 헤어나지 못할
푸르름에 빨려들면

내 안에

볼 붉은 열매
이 가을을 태운다.

여기산(麗妓山) 달구질

떨어진 큰 별을
거두어 재웠거니

아, 그 날 박토에 꽂은
기적의 녹색 깃발

부황난
역사를 건진
청솔빛
울 오빠야.

진종일 봄을 닫은
서호(西湖)의 깊은 생가슴

어허 어화
어이나 갈까
달구야 꼭꼭 다져라.

이승을 토막내는 북소리
휘휘 산을 감는다.

* 오빠는 녹색운동 주도자로서 지금 농촌 진흥청 뒷산에 잠들어 있다.

새벽달

깊은 어둠을 저어
현신(現身)하신 어머니

듣는 이 하나 없는
구만 리 울음 휘감고

희디 흰
새벽의 열반
아, 빛나는 진신사리(眞身舍利)

마지막 부싯돌에
불씨를 일으켜요.

흔들리는 벼랑 위의
짧은 해후라 한들

어젯밤

뜨거운 강물은
그득, 몸 속을 도네.

밤비 환청(幻聽)

남도(南道) 진양조(調)가
한밤을 뒤흔든다.

목 넘어
골을 타고
범람하는 미분음(微分音)

구성진
열두 마당 속
만장봉(萬丈峰)이 잦아진다.

나그네의 풀솜 가슴
갉아 먹은 불나비떼

줄줄이 꼬리를 이어
넋을 떠메고 간다.

칠금산(七金山)[*] 칠해(七海)^{**}를 주름잡아
아스라히 스러진다.

*칠금산(七金山) : 불교의 구산팔해(九山八海)에서 수미산과 철위산
 을 제외한, 금빛이 나는 일곱 山.
** 칠해(七海) : 수미산과 칠금산 사이에 있는 일곱 바다.

열매의 노래

나를 버리기 위해
나는 살아 왔습니다.

스스로 달구어 낸 고독의 아름찬 무게

흙이여
황홀한 이 마감을
빗질하여 눕히소서.

겨울 강(江)

어찌된 일일까 새벽의 저 소복(素服)은

어둠을 쓸어 안고
차디 찬 죽음을 넘어

살얼음
떨리는 마디마디
정히 씻은 자태여.

어디선가 들려오는
청대밭
목쉰 울음.

차라리 물구나무선 채
노래하라
겨울이여.

명상의 푸른 머리채

건져 올려
빗질하라

세밑을 흥청거리는
불빛 아래를 빠져

멀리 옮긴 슬픔이
은빛 세례를 받는다.

날리는
눈발 사이로
「성 베드로」를 본다.

황진이와 달

차가와 자지러진
동짓달
기나 긴 밤은

쓰라린 바다 밑에
소금기둥 되었을까

큰 파도
뒤집어 쓴 채
얼음기둥 되었을까.

벼랑 끝에 환생하는
먼 그 날
임의 달은

열두 번 혼절한 명치
혈(穴) 뜨는 금침(金針)인 걸

폭포도
못 넘는 격조
어지러운 갈매봉아.

오장을 다 쏟고
가을은
창에 눕는데

홀연히 손끝에 떠는
수국빛 바람의 의미

절도(絶島)에
일으킨 등대불
이 밤
나를 꿰뚫는다.

가을하늘

어머니
다시는 울지 않을 겁니다.

무시로 벼락 치던
깜깜한 돌무지에

웬일로 아름찬 황홀을
무진장 부으십니까.

무겁고 긴 굴욕의
족쇄가 풀린 날은

마디마디 옹이 박힌
목숨을 깎고 다듬어

가늘고
푸른 가락의
옛피리를 붑니다.

의암이 되어

어찌해 진주 남강은
논개를 잊었는가

충절은 실종되고
낡고 찌든 이 명분

청산이 활개치는 봄마다
무너지던 어깨여.

아직도 오장육부는
선혈이 낭자한데

임의 넋 친친 감고
살아 버틴 몸뚱아리

그 언제
쇠북이 되어

크게 한 번 울 것인가.

원수도 아수라도
흘러간 정적 속에

희디 흰 그대 촉루
연꽃으로 필 때까지

물 위에 앉아 흔들리자
백의 관음 향한 마음.

겨울 부엉이

나무도 둥지도 없는
여긴 어디쯤인가

가도 가도 따라붙는
떼바람의 봉두난발

팽팽히 목숨 가누고
솟구치자 날개여

비리게 울부짖는
검은 파도 위를

촉수 높은 혼을 켜고
부엉부엉 울음 켜고

무시로 절망을 타며
슬픈 곡예를 한다.

야성의 밤을 달궈
굴리자 긴 어둠을

억세게 깃 쳐대며
구만리를 굽이쳐

화엄경 부신 봄날의
청산 만나러 간다.

내가 어느 천년에

내가 어느 천년에
구천동 홍엽이 되랴.

목숨의 골짜기에
붉은 진액 다 쏟고

먼 하늘
끝자락에 눕는
하얀 바람이 되랴.

자정기(子正記)

이것 봐 우리 사는 날의 갈피마다 번져간 얼룩이며, 더 듬으면 석새 삼베 올의 서걱임 그 바람소리라네.

저무는 강기슭에 바위되어 피 흘리는 가슴 안 열두 줄 엔 밤이 갈고 있는 싯퍼런 저 바람 소리. 떨어져 몸져누운 눈물의 갈잎들은 어디로 흘러가나.

오늘도 젖어간 남명(南溟)에 펄럭이는 먼 안부(安否).

근친(覲親)

어머님 뵙고 싶어
친정에 왔습니다.

석류나무 그늘에 환한
아버님 두고 간 미소.

오늘도
초록빛 하늘
그날처럼 높습니다.

들꽃과 더불어

찌든 삶을 접어 두고
들판에 와 설 일이다
노을빛 엉겅퀴며
흩어져 핀 망초꽃들
마지막 눈물로 다가선
이 연대의 야생화여.

벼랑이면 어떻고
쑥대밭인들 어떠랴
인연끼리 볼 부비는
풀빛 선연한 단란
한 세상 끝자리같은
들녘에 와 설 일이다.

이차돈의 강(江)

이 저승 넘나드는
장군봉은 보았을까

죽어서 꽃을 피운
이차돈의 푸른 화두(話頭)

서라벌 장천(長天)을 누빈
새벽달은 보았을까.

무시로 범람하는
강물을 이끄시며

무지개 둘러놓고
어루만진 빈 하늘을

빛부신 연꽃을 들고
날마다 환생한다.

김동리(金東里)

임은 가셨지만
나는 임을 만납니다.

들을 질러 강을 건너
귓전을 적시는 눌변

빈 가슴 채워 주신 정이
아직 따스합니다.

별 내리고
이슬 영롱한
순수를 경영하며

그 미학 홀로 일으킨
참대밭의 푸른 빗질

날마다

까치놀 위로
임은 걸어오십니다.

제2부 봄바다

역여(逆旅)

문득 나 서울에
한 간 누옥(陋屋)을 빌었네.

스산한 바람결을
보낸 이는 누구인가

죽지를 접고 앉아도
떼칠 수 없는 그림자.

들창(窓)을 기웃거리는
저 북악(北岳) 수척한 이마

가을은 깊은 우물로
가슴에 와 고이네.

하늘도 끊어진 뜨락
가랑잎 지는 하루여.

어머니의 청댓바람

늦가을 어머니 생각은
갈잎으로 바스러져

하루에도 열두 층 하늘이
무너져 내립니다

그 미망(未亡) 다 거둔 자리
절로 이는 청댓바람.

아버지, 종 치러 간다더니

"불국사 종 치러 간다"
"불국사 종 치러 간다"

아버님 눈썹에 실려
이승 떠난 범종 소리

구름길 되짚어 와서
참대숲에 내리네.

영월 비가(悲歌)

못 떠나네
청령포 감도는
물소리도 못 떠나네

강원도 영월 땅
그 오욕의 낭떠러지

억새풀 창백한 울음에
휘감겨서 못 떠나네.

소쩍새 피울음에
둑이 터진 임의 강물

관풍헌(觀風軒) 자규루(子規樓)가
몇 번이나 잠겼던가

그 강물 그 피울음이

용마루에 실려 있네.

겨울 수평선

발돋움해 불러도
응답은 아니 오고

종일 무자맥질하는
비릿한 이 어질병

불현듯 닥친 파도가
허연 뿔로 떠받는다.

천 송이 푸른 나울로
속눈썹 헹궈주던 임.

가시벽 둘러치고
동안거(冬安居)에 들었는가.

잠겨간 묘법연화경은
끝내 기척도 없다.

봄바다

긴 칩거 풀고 나와
뛰는 힘줄 못 가누어

삼월을 헹가래치는
저 거창한 쪽빛 행보

터질 듯 팽팽한 종아리
채찍 치는 햇살들.

마이산(馬耳山)의 독백

목숨이 천 동강 나도
이대로 견딜 테야

어느 날 신(神)의 진노가
내리쪼갠 이 업장

사람아
관심을 풀고
혼자 있게 놓아 달라

떼바람에 뜯기운
오욕의 검은 몽뚱이

이미 넋도 빼어 버린
속울음의 회반죽을

안으로 안으로 무너뜨리며

이냥 참고 있을 테야.

신생(新生)

아가야
보듬는 나는
다만 금빛 아지랑이

천지에 널린 죄벌(罪罰)을
모르면서 너 커야지

햇살이 들러리 서는
여린 정미(精美)의 보늬

잠든 천 년 씨앗이
뒤척이다 깨었나 봐

목숨의 실뿌리에
물오르는 이 자장가

끝없이

빨려만 가는
깜찍한 무지개여.

매창(梅窓)* 무덤에 와서

한 줌 허무 앞에
망석중이 내가 섰다.

세월은 소(沼)이던가 소용돌아 풀린 아픔
어둡고 끈끈한 뻘가슴 속 꽃피운 한 송이 절창(絶唱)이
여.
─이화우(梨花雨) 흩날릴 제 울며 잡고 이별한 임……
울음 거둔 강물에 나는 휩쓸리느니.

부안 벌 그 너머 중천에
낮달 하나 떠 있다.

* 매창(梅窓) : 황진이와 더불어 쌍벽을 이룬 조선 시대의 여류 시인

섣달 그믐밤

먼 길 살펴 가라고
가슴을 쓸어준다

굴절되는 시간 위에
아, 쏟아지는 별빛

쪽동백 꺼진 창가에
하얀 겨울이 선다.

소원(素園)*에 새긴 봄빛

— 육당(六堂)을 생각하며

소원(素園)의 푸른 그늘을
굽어살핀 저 인수봉

설핏한 처마 밑으로
내려와 누운 날은

한 시대 먹물 그림자
강물처럼 흘렀느니.

울다 간 밀화부리
반은 기운 토담 너머

삼천 송이 봄을 켜 든
목련꽃 무너진다

때리고 부수는 파도
「해(海)에게서 소년(少年)에게」.

낙하의 말씀을 새겨
가슴으로 심는 징표

그날의 지평을 열고
빛으로 서신 이여

청태 낀 한 간 정적을
꽃바람이 닦는다.

* 소원(素園) : 육당(六堂) 최남선(崔南善) 선생이 집필하던 곳. 북한
산 어귀에 있음.

취바리*의 춤

휘영청 사철을 넘는 풍류장이 한량이라.

꽃소식 들 때마다 구름 한 자락 잡아타고 삼춘(三春)을
다 놀고는 오뉴월 불볕 속을 가랑이 껑충대며 흰웃음 뿌
려대다가 저만치 소슬바람이 대금을 불어 흩는 날은 팔도
강산 휘젓고 돌아칠거나. 그러다가 겨울 왕대밭에 들어 휘
날리는 눈발되고 가슴 열두 골짜기에 불 당겨 활활활 타
버린들 또 어떠리

어차피 한판 인생길
탈놀음이 아니던가.

* 취바리 : 산디놀음에서 노총각 역이 쓰는 탈. 얼굴은 붉고 눈은 구
  멍이 뚫렸으며 입이 큼.

작은 꿈을 위한 여섯 마디의 직유

불타는 태양처럼
싱그런 녹음처럼

승천하는 안개처럼
꿈꾸는 꽃씨처럼

떠나는 가을 바람처럼
아, 투명한 유리처럼

벽제의 연기

─화장터에서

하늘을 부여안고
홀로 벼랑에 서니

저승 가는 연꽃바람
보일 듯 보일 듯해

온종일
떠내린 백일몽(白日夢)
질펀하게 쓸린다.

슬픔이 곤두박질하는
시뻘건 능지처참

산발한
그림자가
비틀비틀 가는구나.

북한산
늙은 바위도
목이 매워
기침 난다.

어머님께

－일본 노도(能島) 섬에서

남의 땅
섬 끝에 와
늙은 귀는 철듭니다.

파도를 동여매고
달려드는 목소리

창자에
부딪는 만다라는
아, 매운 고문(拷問)입니다.

바다는
아니 가고
끝내 부서집니다.

느닷없이 엎질러진
꼭두서니빛 울음

등뼈만
앙상한 밤이
생인손을 앓습니다.

슬픔

그 친구 훌쩍 가고
꽃청산 무너지니
조석으로 감치는
저승의 파도 소리
기우는 바람벽 속에
눈먼 굴뚝새 운다.

빛바랜 기억 속에
심어둔 하현달이
정수리 타고 내려
부뚜질하는 밤은
등대에 슬픔을 켜고
외딴 섬을 지킨다.

비가(悲歌)·1

부처님.
나는 지금
어디에 있는지요.

종일 골수염을 끌고
죽도록 기어 왔지만

석양을
등에 진 백일홍이
넋을 호려 갑니다.

어찌합니까
이 가을
떨어지는 내 살점

당신께
달음박질하는

위급한 속울음은

언제나
어둠에 부딪쳐
처절히 무너집니다.

가을 직녀

설핏한 내 풀섶에
목을 놓는 귀뚜라미

청산도 살 내리는
일천 갈래 저 떨림을

박달목 베틀에 올려
구름빛 가을을 짠다.

내가 만난 유달산은

열두 폭 치맛자락에
싸안은 유자빛 바람

목이 쉰 뱃고동 소리
노적봉에 걸린 날은

다도해 비낀 노을에
속눈썹이 젖는다.

'목포의 눈물' 속을
넘나드는 갈매기며

「화성(花城)」의 수평선과
「남농(南農)」의 푸른 섬들

목포항 큰 품을 벌리고
가을밤을 부른다.

나그네와 달

사랑도 스쳐간 기적도
흩어진 바람이었네

낡은 거문고처럼
홀로 몸을 누인 밤은

창백한 열이레 달이여
또 누구를 기다리나.

올빼미의 노래

깜깜한 대낮에는
슬픈 깃 다듬자꾸나.

은하물 얼비치는
맑은 밤 저어가며

저승도
연꽃쯤으로
눈 맞추고 올 일이다.

목숨이 뿌리고 흩은
낭자한 상처 밑에

누구냐
이 자정(子正)의
스산한 풀무질은

뜨겁게 달아오른 울음
높이높이 띄워 볼 일.

비가(悲歌) · 2

한 웅큼
구름을 쥐고
무덤 곁에 머무네.

아닌 밤 날벼락에
하늘 다 기울어 버려

석양을
흠뻑 적신 강(江)이
사뭇 깃만 떨고 있네.

철퇴를 맞으면서
찢어진 그 초죽음

산을 지고
산을 넘던
그 때 내 별이던가

약으론 못 다스릴 풍치 속
묵은 둑이 터지네.

공주는 외할매 땅

한 자락 추명(秋明)을 데불고
문득 찾은 공주 땅은

외할매 눈물 속에
잦아들던 고향 마을

왕대숲 가슴에 올라
비파 소리로 운다.

가을 강(江)

머리가 희끗희끗한
한 여자가 가고 있다.

이승을 빠져나간
외로운 혼백처럼

낮은 산
단풍을 기웃거리며
느린 걸음으로 간다.

비바람
매운 갈기
쓰다듬어 눕힌 가슴

천천히 스쳐가는
낡은 사랑의 두루마리

희미한 떨림을 가누며
어디론가 그는 간다.

제3부 친정에 와서

가을 이야기

밤새 산을 내려온
한 자락 가을빛이

내 스산한 건망증에
혈(穴) 찌르는 아침은

먼 숲속 푸른 신명을
쓸어가는 바람소리.

무시로 수화(手話)하던
꽃구름은 실종되고

뼛속 깊이 스며드는
쪽빛을 짚고 가면

이승은 다시 낯선 포구
노을빛 파도가 일고.

참 멀리도 절며 온
누더기 한 벌의 오기

가을을 죄다 길어
찌든 얼을 닦는다

내일은 보일 것인가
도솔천 가는 그 길.

친정에 와서

어머님 집 비우시고
어느 산사(山寺)에 가셨는가

적막 한정(寂寞寒庭)에
줄장미 불지르고

우러러 드맑은 하늘만
높아 더욱 설워라.

달이 있는 환상

창궐한 어둠을 저어
내 안에 드신 은애여,

황폐한 고요 속에 은밀히 심어 주는
맑고 긴 속눈썹, 불현듯 개벽하는 아닌 밤중 눈부신
자운영 꽃밭.

쓸리는 꿈이라 해도
마냥 젖고 싶구나.

우화로 엮은 박쥐 이야기

새들의 노래숲이 몸살을 앓고 있다.

화창한 어느 봄날 난데없이 뛰어든 늙은 박쥐의 엉큼한
수작 좀 보게. 큰 산 깊은 골짝에서 낚아챈 고지새의 울대
를 슬쩍 열어놓고는 꼭 제 목청인양 주둥이만 달싹이는
뻔뻔스런 낯바닥이며, 허세로 꽝꽝 다져진 두둑한 뱃심을
어찌할거나. 하늘의 푸르른 눈빛 두려운 줄 모르고, 청정
숲 명가수들의 죽지 위에서 연극 놀며 껍죽대는 눈먼 엉
터리. 바위도 나무들도 역하여 고개 돌리고 있는 요즈음.

희떱고 능청맞은 불청객
코 싸쥐고 내뺄 일 시간문제라더라.

강(江)을 위하여

물살을 아로새기며
오직 흘러갈 일이다

때로는 붉은 몸살
굽이굽이 풀어내고

깊은 밤 영근 별떨기
지천으로 심을 일이다.

천길 아뜩한 벼랑도
절망 속에 돌이키고

목숨을 움켜 안으며
곤두박질 친 비명

깜깜한 바위를 밀고
소스라쳐 일으켰다.

구름과 새들에게
공양한 푸른 나날들

마침내 울음도 거두고
하구에 와 닿은 날은

강이여, 바다에 안기어
망망히 떠 있거라.

다시 황악산에

결코 포기할 수 없는
그대는 나의 니르바나,

　여자도 남자도 못 된 요놈의 더벅머리 짝사랑, 깨지고
짓무른 발목 타박타박 절뚝절뚝 넘어온 어둠 끝에서 극
락문 열리듯 가슴 풀어헤치는 빛부신 5월을 다시 배알하
다니……

　눈썹에 활활 타는 대명천지를
주체 못해 울먹인다.

연꽃

보인다,
끝이 보인다
피안(彼岸)에 숨은 무지개

어둠이 창궐하는
구만 길 수렁을 헤쳐

그 열반 빛부신 끝에서
환생하는 나를 본다.

난조(亂調)

—동해에 와서

눈부신 발목으로
내달려라
파도여.

까무러친 여름밤을
힘올려 무등태우고.

천지가
진동하는 살풀이
길길이 칼품 추어라.

허연 허물로 누워
너풀대는 긴 절규.

누가 벼랑을 세워
바다를 가뒀는가.

천만 번
일어서기 위한
저 붕괴의 되풀이.

대장장이와 칼

신명을 일으키자
풀무바람 일으키자
치달은 힘의 절정
거센 불을 일으키자
시우쇠 무딘 잔등을
휘몰이로 달구자.

모루에 올린 목숨
두들기고 벼리어
시뻘건 비명 위에
대갈마치 날린다.
열두 번 참형의 담금질
혼을 부어 다진다.

매서운 날이 선다.
날 끝에 무지개 선다.
마침내 숨을 쉬는
조선칼의 강단이여.

저 서슬 준열한 눈빛
가슴에도 꽂힌다.

토함산의 낮달

사미(沙彌)가 되어지이다.
보살이 되어지이다.

뭇 밤을 간음하고
마목이 된 몸뚱아리

하얗게 삭발한 결단
석고대죄 하느니.

삼천 폭 스란치마에
불러들인 매운 서리

서서히 함몰하는
일그러진 응보여.

불국사 쇠북을 안고
목놓아 울어지이다.

바다, 그 겨울의 미학(美學)

길길이 솟구치던
태풍은 요절하고

해종일 수심(水深)을 쌓으며
묵묵부답인 바다

살아난 햇살의 무늬
사뭇 이마가 희다.

온 몸에 절망을 두르고
내가 휘청거릴 때

파도의 회초리 받으며
자맥질하는 섬들

지금은 무쇠빗장 걸고
무슨 담금질인가.

바닷새 뜨고 잠기는
희뿌연 기억 너머에

실눈 뜨고 일어서는
연보랏빛 수평선

온 몸에 일몰을 새기며
또 일출을 가늠한다.

목숨

무수한 절망 앞에
터뜨려 쏟은 불길

그 오욕의 담금질
무쇠가 되었는가.

버티어
가눈 무게여
무릎 저린
고독이여.

저무는
저무는 강처럼
열리는 은총의 귀

꺼질 듯
끊길 듯

핏줄같은 순간 위에

잎잎이
봄을 사르고
꽃대는
떨고 있네.

노래여, 눕지를 말고……

산이 가로 막으면
높이 날아 산 오르고

짖어대는 밤바다를
너울너울 건넌다

때로는 곤두박질한
천 길 벼랑도 있었다.

햇살 한 잎 따물고
목화밭에 깃 내리면

욕망들이 난무하는
이 시대의 북새판이야

찰나에 사라져 버릴
요지경 속 아니던가.

노래여, 눕지를 말고
무쇠처럼 울 일이다

피 뱉으며, 혼절하며
잠긴 목청 다 틔우며

움추린 산빛을 열고
강물 흘릴 일이다.

아우라지

잠 못 든 산맥들이
하늘 높이 넘나들고

실오른 은어떼처럼
투명한 여울의 노래

신령님 골 비워둔 채
물소리만 지새는가.

불타는 가을 저편
싸릿골 이내빛 전설

억수 장마에 무너진
아우라지 사랑이여

옥양목 희디 흰 눈물
아라리로 풀렸다네.

내림굿

거룩한 신명이여
정한수에 지피소서

삼천 길 벼랑 끝에서
삼천 밤을 다진 치성

수미산 봉우리 만한
이 삼경(三更)을 여옵소서

구천을 돌고 있는
어느 명창 쑥대머리

뭇 흉살 풀어내는
큰 무당 이름으로

떨리는 서슬에 오른
두려움을 거두소서

옹기의 넋두리

아둔한 촌뜨기라서
따돌림 당했지만

거센 불길의 고문
무릅쓰고 태어났기에

해와 달
번갈아 들어
마구 울던 파도였다.

문명이 판을 치는
이 시대의 그늘에서

오직 뚝심 하나로
떠받쳐온 서러운 하늘

임자여

어찌할거나
텅 빈 동상이몽(同床異夢)을.

판소리로 우는 바다

목 쉰 가을 바다가
온몸으로 일어선다

푸성귀처럼 길차던
파도는 물이 들고

한바다 풀무질하는
아홉 마당 저 판소리

우중충 내려 앉은
하늘 두어장 걷어내면

휘몰이 잦은몰이
그 너머의 진양조여

들레던 갈기도 접고
물굽이를 눕힌다.

임진강

무거운 이 강물을
새삼 말하지 마오

사계(四季)도 못 넘는 강을
함부로 부르지 마오

무심히 그냥 무심히
구름이나 보낸다오.

6월이면 도져나는
출혈성 우울증을

달빛이 긴 붕대로
감아주는 밤도 있소

적막도 살붙인 양 안고
이젠 울지 않는다오.

그래도 굴뚝새는 노래한다

오늘도 벼랑 끝에서
풀빛 노래 익힙니다.
뇌빈혈에 시달리는
수척한 숲을 지켜
더러는 피를 뱉으며
비린 울대 달랩니다.

시간을 담금질해
건져낸 해법 하나
무거운 절망을 털고
햇살을 타고 가면
새파란 하늘의 경영(經營)
깃털마다 물듭니다.

참으로 모를 것은
먹구름의 속입니다.
무시로 범람하는
위기를 넘나들며

그래도 살아 노래불러
청대밭을 일굽니다.

다시 가을하늘에

새파란
속눈썹 달고
돌아온 옛사랑아

노래도
긴 상사(相思)도
서리 맞은 응달에서

바래어
혼절한 그리움
새로 물드는구나.

무엇이 내 명치를
거푸 삽질하는가.

비지땀을 엮어 온
아흔 번의 치명(致命)을

올 가을
환한 약손으로
씻어다오
하늘아.

겨울바다 환타지

내 귀는
담았느니
회심(回心)하는 바다를

새벽에야 나타나는
저 이방인의 사도(使徒)

늑골을 열고 들어와
빛나는 전도(傳道)를 한다.

뿔뿔이 섬은 떠나고
폐부에 꽂히는 물새

드높이 탄원(嘆願)하며
순교하는 아픔이여.

캄캄한

아름드리 밤이
뿌리채 흔들린다.

뻐꾸기 늙어 운다

오월의 대낮을 쪼는
저 뻐꾸기 울음 소리

꺼져가는 짚불같은
노모(老母)를 뻑뻑꾹 운다

삼키는 내 속울음도
청산 깊이 뻐꾹 운다.

인수봉의 봄 노래

나 못 부르는 노래
홍방울새가 부르고

나 못 춘 살풀이춤
물푸레가 추는 날은

맥없이 엉거주춤한
부끄러운 허우대여.

어젯밤 꿈에 보았던
봉황(鳳凰)의 백일승천(白日昇天)

캄캄한 바람벽에
수틀 만한 창을 내고

지새워 봄을 두드리는
여울 소리 낚는다.

＃ 시간의 수레바퀴를 돌리는 투명한 유리창
－ 김남환 시조의 의미 －

김 동 욱

상명대 교수

주지하다시피, 서정시의 본디 속성은 '남의 중얼거림을 엿듣는 것'이다. 시조는 자유시와 생김새가 약간 다를 뿐 그 본질적 속성이야 서정시와 다를 바가 없다. 따라서 우리가 한 시인의 작품을 읽는 행위는 그 시인의 내밀한 속삭임을 엿듣는 일이 되는 것이다.

이제 김남환 시인의 시조작품을 통해 그녀의 내밀한 속삭임을 엿듣기 앞서, 그녀가 공개적으로 밝힌 말을 통해 어떻게 그녀의 속삭임을 엿들을 것인가를 찾아보기로 하자. 김남환 시인은 다섯 번째 시집인 『수틀만한 창을 내고』의 머릿글에서 시에 관한 그녀의 생각과 근래 그녀가 추구해온 관심사에 대해 다음과 같이 말한 바 있다.

시는 내 삶의 투명한 창이요, 신선한 체험이며 또한 나의 감옥이기도 합니다.

나는 시를 통하여 이 세상 사물들의 깊은 곳까지 볼 수 있으며, 시가 지닌 순수성에 힘입어 나의 죄를 용서받을 수 있습니다. 그런가 하면 시는 내가 게으름을 피울 때면 감옥이 되어 나를 가두어 놓고 회개하게 만듭니다. (…중략…)

지난 3년 동안 나는 겨울의 미학을 추구해 왔습니다. 가령 겨울바다의 차가운 잿빛 언어들에 귀를 기울이거나, 혹은 겨울나무의 정갈한 모습이 보여주는 순수에 대하여 관심이 많았습니다. (…중략…)

낡은 허물을 말끔히 벗어버리고 새봄을 창출하기 위해 추위와 맞붙어 싸우는 겨울나무의 철학을 배울 것입니다.

김남환 시인은 시를 자신의 삶의 투명한 창으로 인식하고 있음을 확인할 수 있고, 근래 그녀의 관심사는 '겨울의 미학'임을 알 수 있는 진술이다. 사계 가운데 유독 겨울을 거론하였으나 그녀 작품에 스며 있는 겨울의 의미는 다른 계절과의 관계 속에서 한층 분명히 드러날 것으로 보인다.

계절은 시간적인 개념을 가진 말인데, 그것은 일방적이거나 단선적인 흐름이 아닌 회귀와 순환이라는 특징을 지닌다. 이러한 이유로 필자는 김남환 시인의 시조작품을 '시간의 수레바퀴를 돌리는 투명한 유리창'이라는 시각에서 이해하고 설명하고자 한다.

1. 죽지를 접고 앉아야 할 쇠잔함과 조락(凋落)

이 시조집에는 김 시인이 관심을 두고 있다는 겨울 못
지 않게 가을의 이미지가 다수 모습을 보이고 있다.

문득 나 서울에
한 간 누옥(陋屋)을 빌었네.

스산한 바람결을
보낸 이는 누구인가

죽지를 접고 앉아도
떼칠 수 없는 그림자.

들창(窓)을 기웃거리는
저 북악(北岳) 수척한 이마

가을은 깊은 우물로
가슴에 와 고이네.

하늘도 끊어진 뜨락
가랑잎 지는 하루여.

— 「역여(逆旅)」 전문

‘스산한 바람결’에서 느낄 수 있는 가을의 이미지는 그 짙은 우수를 “죽지를 접고 앉아도/ 떼칠 수 없는 그림자”로 형상화했다. 가을을 통해 우리가 느낄 수 있는 이미지는 ‘풍요로움’과 ‘쇠잔함·조락’처럼 양극적(兩極的)이다. 그 가운데 김 시인의 시조에 등장하는 가을의 이미지는 대체로 후자 쪽이다. 북악의 ‘수척한 이마’, 가슴에 와 고이는 ‘깊은 우물’ ‘하늘도 끊어진 뜨락’ ‘가랑잎 지는 하루’ 등이 모두 가을의 쇠잔함과 조락의 가을이라는 면을 나타내 보여주고 있다.

그러한 가운데 빌어 든 누옥은 영구히 살아갈 집이 아니라, 잠시 머물다 떠나갈 곳이다. 이를 좀더 확대해서 해석하면, 우리가 잠시 머물다 갈 이 세상일 수도 있는 것이다. 당나라 시인 이태백도 일찍이 “무릇 이 세상이라는 것은 온갖 사물이 머물다 가는 곳”이라고 하지 않았던가.

김 시인의 시조에 나타나는 가을 이미지는 이밖에도 “먼 숲속 푸른 신명을/ 쓸어가는 바람소리”(「가을 이야기」)이거나 ‘앙상한 가지 끝으로 내리는 당신의 은빛 머리칼’(「가을 꿈」)이거나 “노래도/ 긴 상사(相思)도/ 서리 맞은 응달”(「다시 가을하늘에」)처럼 쇠잔함과 조락을 나타내고 있다. 또는 “어찌합니까/ 이 가을/ 떨어지는 내 살점// 당신께/ 달음박질하는/ 위급한 속울음은// 언제나/ 어둠에 부딪쳐/ 처절히 무너집니다.”(「비가(悲歌)·1」)에서와 같이 쇠잔함 혹은 좌절로 노래되기도 했다.

머리가 희끗희끗한
한 여자가 가고 있다.

이승을 빠져나간
외로운 혼백처럼

낮은 산
단풍을 기웃거리며
느린 걸음으로 간다.

― 「가을 강(江)」 제1연

이 작품에서는 가을 강물의 흐름을 머리칼이 희끗희끗한 여인의 행보로 형상화하고 있다. 그 행보는 '이승을 빠져나간 외로운 혼백'에 비유되기도 하고, 둘째 연에서는 "천천히 스쳐가는/ 낡은 사랑의 두루마리"로 표상되기도 했다. 뭔가 다가올 듯한 기대감보다는 이미 지나가 버린 데서 오는 허탈과 체념이, 열리고 펼쳐질 것 같은 예감보다는 두르르 말려 닫혀져 버린 절망감이 더 강하게 느껴진다.

2. 서리꽃 아래 둥지를 틀고

가을이 쇠잔함과 조락의 표상일 때, 가을의 끝자락이나 겨울의 시작은 절망과 불모의 죽음으로 이어질 수밖에 없을 것이다. 「어머니의 청댓바람」에서 시인은 절망을 향한 시간의 행진을 "늦가을 어머니 생각은/ 갈잎으로 바스러져// 하루에도 열두 층 하늘이/ 무너져 내립니다."라고 노래하고 있다.

발돋움해 불러도
응답은 아니 오고

종일 무자맥질하는
비릿한 이 어질병

불현 듯 닥친 파도가
허연 뿔로 떠받는다.

천 송이 푸른 나울로
속눈썹 헹궈주던 임.

가시벽 둘러치고
동안거(冬安居)에 들었는가.

잠겨간 묘법연화경은
끝내 기적도 없다.

— 「겨울 수평선」 전문

시인의 절망은 '겨울'과 '바다'를 만나면서 이른바 시너지 효과를 나타내게 된다. 겨울이 사계의 끝자리에 있다면, 바다는 흐르는 물의 종착지이기 때문에 이 둘이 서로 만났을 때는 '더 이상 오갈 데 없는 극한'이라는 상승(相乘)의 이미지가 창출되기에 이르는 것이다.

인용한 작품에서 '발돋움해 부름'이나 종일 이어지는 '무자맥질' '허연 뿔로 떠받음' '천 송이의 푸른 나울' 등은 모두 파도 치는 모습을 형상화한 것이지만, 달리 보면 절망의 늪에서 허우적거리며 내지르는 외침이기도 하고 극한으로의 내몰림이기도 하다.

그러나 절망에서 건져달라는 애절한 외침만이 있을 뿐 '응답'은 없다. '어질병'이 나도록 무의미한 허우적거림이 있을 뿐이다. 절망으로부터 나를 구제해줄 '임'은 '가시벽 둘러친 동안거'에 들었는지 잠겨버린 '묘법연화경'처럼 '끝내 기척도 없다'는 것이다.

겨울바다로 형상화한 절망과 좌절은 "뿔뿔이 섬은 떠나고/ 폐부에 꽂히는 물새// 드높이 탄원(嘆願)하며/ 순교하는 아픔이여.// 캄캄한/ 아름드리 밤이/ 뿌리채 흔들린다."(「겨울바다 환타지」)에도 그대로 이어져 나타난다. '드높은 탄원'으로 발신을 해보지만 끝내 답신이 없이 '순교'로 귀결되는 절망과 좌절이 캄캄한 밤처럼 다가올 뿐이라는 것이다.

그러나 시인은 끝내 절망과 좌절의 늪에서 허우적거림

을 멈추지는 않았다. "허연 허물로 누워/ 너풀대는 긴 절
규.// 누가 벼랑을 세워/ 바다를 가뒀는가.// 천만 번/ 일어
서기 위한/ 저 붕괴의 되풀이."(「난조(亂調)」)에서와 같이
더 이상 '너풀대는 절규'와 '붕괴'는 좌절의 모습이 아니라
일어서기 위한 몸짓임을, 절망 극복의 의지임을 읽어내게
된 것이다.

그리하여 마침내 시인은 절망의 늪을 벗어나려는 몸짓
조차 접고, 그 늪을 새로운 안식처로 삼으려는 결단을 내
린다. "숲은 종일 칩거하여/ 앉은 자리 풀지 않고// 휘휘
친친 혼을 감는/ 이승의 질긴 피울음// 도솔천 서리꽃 아
래/ 둥지 틀고 살자 한다."(「겨울 산새는」)처럼 불모의 겨
울을 벗어나는 최고의 경지는 불모를 피하지 않고 그 속
으로 걸어 들어가는 것임을 깨달은 것이다.

3. 일몰의 순간 또 다른 일출을 가늠하며

그러나 주어진 극한상황을 인정하는 것은, 더구나 그
극한과 하나가 되는 것은 쉬운 일일 수가 없다. 그래서 시
인은, "나무도 둥지도 없는/ 여긴 어디쯤인가// 가도 가도
따라붙는/ 떼바람의 봉두난발// 팽팽히 목숨 가누고/ 솟구
치자 날개여"(「겨울 부엉이」)라고 자신과의 싸움을 위한
전열(戰列)을 가다듬는다.

그 싸움에서 기대하는 전과(戰果)는 위와 같은 작품 제3

연에 "야성의 밤을 달궈/ 굴리자 긴 어둠을// 억세게 깃 쳐 대며/ 구만리를 굽이쳐// 화엄경 부신 봄날의/ 청산 만나러 간다."라고 드러냈듯이, 봄날의 청산처럼 새로운 세계와의 만남이다. 이 순간에 이르러 시인은 경이로운 발견을 하기에 이른다.

그것은 차라리 돈오(頓悟)라고 하는 것이 옳을지도 모른다. "나를 버리기 위해/ 나는 살아 왔습니다.// 스스로 달구어 낸 고독의 아름찬 무게// 흙이여/ 황홀한 이 마감을/ 빗질하여 눕히소서."(「열매의 노래」)라는 기원은 그야말로 황홀이다. 굳이 속되게 설명하자면, '열매'는 죽음으로써 새 생명을 탄생시킬 수 있다. 죽음의 벼랑 끝이 아니고서는 찬란한 부활이 이루어질 수 없는 것이다.

시인이 이야기하고자 한 '겨울의 미학'은 바로 이것이 아닌가 싶다. 「바다, 그 겨울의 미학(美學)」에서 "온 몸에 절망을 두르고/ 내가 휘청거릴 때// 파도의 회초리 받으며/ 자맥질하는 저 섬// 지금은 무쇠빗장 걸고/ 무슨 담금질인가." 하며 극한적 시련을 노래한 시인은 마침내 "온 몸에 일몰을 새기며/ 또 일출을 가늠한다."라고 부활의 가능성을 예견하고 있다.

일몰의 암흑과 죽음 속에서 빛나는 일출을 꿈꿀 수 있기 위해서는 쉽사리 상상할 수 없는 인식의 전환, 경이적인 해법(解法)이 있어야만 한다. 그것을 시인은 "시간을 담금질해/ 건져낸 해법 하나/ 무거운 절망을 털고/ 햇살을 타고 가면/ 새파란 하늘의 경영(經營)/ 깃털마다 물듭니다."(「그래도 굴뚝새는 노래한다」)라고 담담한 어조로 고백하고 있다.

시인이 자신만의 해법으로 제시한 '시간의 담금질'이란 무엇일까? 그것으로 인하여 물의 흐름을 마감하던 종착지로서의 바다는 다시금 "햇살이 요절하는/ 불면의 골짜기에// 시방은 눈을 뜨는/ 은사시빛 물굽이들// 눈부신 금강경 한 폭이/ 빛으로 다가온다."(「빛으로 오는 바다」)에서처럼 찬란한 빛의 도가니가 되어 출렁이게 되는 것이다.

4. 삼월을 헹가래치는 봄 바다

"천길 아뜩한 벼랑도/ 절망 속에 돌이키고// 목숨을 움켜 안으며/ 곤두박질 친 비명// 깜깜한 바위를 밀고/ 소스라쳐 일으켰다."(「강(江)을 위하여」)에서 보듯이, 천길 벼랑으로 표상된 절망 속으로 자신을 던진 강물은 그로 인하여 죽음에 이르지 않고 오히려 흐름을 완성하기에 이른다. 드디어 겨울로 표상되던 모든 것을 떨쳐버리고 봄을 맞게 되는 것이다.

긴 칩거 풀고 나와
뛰는 힘줄 못 가누어

삼월을 헹가래치는

저 거창한 쪽빛 행보

터질 듯 팽팽한 종아리
채찍 치는 햇살들.

―「봄 바다」 전문

　영국의 낭만파 시인인 P.B. 셸리는 「서풍부(西風賦)」에
서 "만일 겨울이 온다면 봄 또한 멀지 않았으리."라고 했
다던가. 겨울은 영원한 종말이 아니라 사계의 끝일 뿐이어
서, 시련의 한파가 지나가면 따스한 봄바람이 불어오는 것
이 또한 정해진 자연의 이치인 것이다. 봄이 되돌아온 바
다를 형용한 '뛰는 힘줄' '거창한 쪽빛 행보' '터질 듯 팽팽
한 종아리' '채찍 치는 햇살' 등의 표현이 그 어느 것 하나
활기찬 모습 아닌 것이 없다.
　마침내 절망의 나락은 '봄'이라는 새 생명을 잉태하기에
이른 것이다. "잠든 천 년 씨앗이/ 뒤척이다 깨었나 봐//
목숨의 실뿌리에/ 물오르는 이 자장가// 끝없이 빨려만 가
는 깜찍한 무재개여."(「신생(新生)」)라고 시인이 노래한 것
처럼 열매는, 씨앗은 스스로를 던져 새 생명으로 부활했
다. 그것은 "어둠이 창궐하는/ 구만 길 수렁을 헤쳐// 그
열반 빛부신 끝에서/ 환생하는 나를 본다."(「연꽃」)에서와
같이 '환생'이라고 할 수도 있는 것이다.
　죽음의 절망 속으로 기꺼이 자신을 던질 때 부활 또는

131

환생이 가능함을 깨달은 시인은 다시 한번 경이로운 인
식의 전환을 체험하게 된다. 그것은 모든 사물을 뒤집어
볼 수 있는 눈의 개안(開眼)이라고 이름할 수 있는 것이
다. 「올빼미의 노래」 제1연을 보자.

　　깜깜한 대낮에는
　　슬픈 깃 다듬자꾸나.

　　은하물 얼비치는
　　맑은 밤 저어가며

　　저승도
　　연꽃쯤으로
　　눈 맞추고 올 일이다.

　주지하듯이 올빼미는 야행성의 동물이다. 올빼미에게는
환한 대낮이 오히려 깜깜한 밤일 수밖에 없다. 올빼미로서
는 '깜깜한 대낮'에 다소곳이 앉아 깃을 다듬는 것이 고작
할 수 있는 일일 따름이다. 반면에 은하수 별빛이 비치는
맑은 밤은 올빼미에게 환한 대낮이다. 이때 바야흐로 올빼
미는 접어 두었던 깃을 마음껏 펼치고 날 수 있게 되는
것이다.
　이러한 올빼미를 통해서 시인은 사물의 본체와 아울러

어둠에 가려져 있는 그림자까지 보게 된 것이다. 사물의 다른 면을 뒤집어 봄으로써 양면을 아울러 보게 될 때, '저승도 연꽃쯤으로 눈 맞추는' 인식의 전환이 가능해지는 것이리라. 이 같은 문법체계에서는 겨울이 곧 봄일 수 있고, 절망·좌절·죽음이 바로 환생과 부활이기도 하다.

5. 가신 님은 다시 돌아오고

한 개체가 새 생명으로 환생하기 위해서는 반드시 담금질의 과정을 거쳐야 한다. 「대장장이와 칼」을 보면, '시우쇠의 무딘 잔등'은 휘몰이로 달구고, 모루에 올려 두들기고 벼리다가 시뻘겋게 달구어 다시 대갈 마치를 날리면서 '열두 번 참형의 담금질'을 거쳐야만 비로소 매서운 날이 선, 서슬 준열한 눈빛의 '칼'로 환생하게 되는 것이다.

시우쇠가 담금질 끝에 서슬이 퍼런 칼이 된 것으로 볼 때, 시우쇠가 곧 칼인 듯이 느껴지기도 한다. 그러나 다 같은 무쇠덩이면서도 '담금질'이라는 과정을 거치면서 시우쇠와 칼 사이에는 질적인 변화가 일어났음을 부인할 수는 없다. 그것은 마치 단군신화에서 쑥과 마늘을 먹으며 금기를 지키다가 웅녀로 환생한 곰의 경우와 같다.

이쯤에서 우리는 시인이 말한 바 '시간을 담금질해 건져낸 한 가지 해법'으로 화제를 돌려보자. 여러 가지 시련의 과정을 거쳐 시인은 계절의 순환이라는 평범한 사실

속에서 범상치 않은 자연의 질서 하나를 발견하게 된 듯
하다. 우리가 일상적으로 느끼고 있는 시간의 개념은 단선
적이고 일회적이다. 시간은 먼 과거로부터 그 끝을 알 수
없는 미래를 향해 일방적으로 흐르기만 하는 것으로 인식
하는 것이 대부분의 사람들이다. 일부 실존주의자들은 '인
간은 태어나는 순간부터 죽음을 향한 존재'라고 정의하기
도 했다.

그러나 시간에 대한 인식은 그런 유형만 있는 것은 아
니다. 우리의 경험을 통해 보아도 사계의 순환, 달의 차고
기울어짐, 밤과 낮의 교체 등은 시간이 일방적으로 흐르는
것이 아니라 끊임없이 회귀와 순환을 반복하고 있음을 알
려준다. 이러한 시간인식에 바탕을 둔 대표적인 예가 불교
에서 말하는 윤회설이다. 생명을 가진 모든 것의 죽음은
내생의 삶으로 다시 순환된다고 하지 않던가. 그런 이유로
불교에서는 삶과 죽음이 다르지 않다고 한다.

하지만, 어제의 '낮'이 오늘이나 내일의 '낮'과 일치할 수
없고, 지난 '겨울'이 다가올 '겨울'과 꼭 같을 수는 없다. 그
반복적 순환의 과정에 시련이 개재하면, 그리고 그 담금질
의 강도가 높으면 높을수록 환생과 부활은 질적으로 우수
하게 변화된 모습으로 나타나게 되는 것이다. 무디기만 하
던 시우쇠는 참담한 담금질의 과정을 겪음으로 해서 준열
한 눈빛으로 서슬 푸르게 살아 숨쉬는 '조선칼'로 다시 태
어날 수 있고, 곰은 인고(忍苦)로 인하여 웅녀라는 인간의

134

모습으로 환생할 수 있었던 것이다.

시인은 「취바리의 춤」에서 취바리를 '휘영청 사철을 넘는 풍류장이 한량'이라고 전제한 뒤, 봄부터 겨울까지 휘젓고 돌아치며 노는 모습을 그렸다. 취바리의 춤은 봄부터 시작해서 겨울로 끝나는 것이 아니라, 새 봄에는 다시 또 시작되는 것이다. 이 작품에서 취바리의 춤은 가면 다시 돌아오는 계절의 순환과 동격으로 설정되어 있다고 하겠다. 종장에서 시인은 '한판 인생길' 또한 '탈놀음'과 같이 가면 또 다시 돌아오는 것이라고 했다.

"불국사 종 치러 간다"
"불국사 종 치러 간다"

아버님 눈썹에 실려
이승 떠난 범종 소리

구름길 되짚어 와서
참대숲에 내리네.
　　　　　　　　　　－「아버지, 종 치러 간다더니」 전문

사연으로 보아, 불국사에 종 치러 간다던 아버지는 이승을 하직한 모양이다. 중장의 '이승 떠난 범종 소리'는 기실 '이승 떠난 아버지'를 달리 표현한 것이기 때문이다. 그

런데 종장을 보면, 불국사에 종 치러 간 아버지는 이승을 떠났으나, 범종 소리는 참대숲에 내리는 비처럼 들려온다는 것이다. 이승을 떠난 범종 소리가 참대숲에 들려오듯이, 이승을 떠난 아버지도 구름길을 되짚어 온다는 말이다. 마치 어제의 일몰이 오늘 또 다른 일출로 다가오듯이.

결국, 시인이 '시간을 담금질해 건져낸 한 가지 해법'이란 시간의 수레바퀴를 돌리는 일이고, 시간은 매 주기 매 순간마다 달라진 모습으로 회귀하게 된다는 것이다. 시인은 그러한 해법을 실증해 보이고자 역사적 인물들을 예로 들었다. 이 시조집에 수록된 자료를 대상으로 살펴보면 이차돈, 김시습, 황진이, 매창, 최남선, 김동리 등이 그 증인들이다.

신라의 땅에 불법의 씨앗을 심고 순교한 이차돈은 죽어서 꽃을 피웠다고 시인은 말한다. "무시로 범람하는/ 강물을 이끄시며// 무지개 둘러놓고/ 어루만진 빈 하늘을// 빛부신 연꽃을 들고/ 날마다 환생한다."(「이차돈의 강(江)」)에서 확인할 수 있듯이, 이차돈은 눈이 부시도록 빛나는 연꽃을 든 모습으로 날마다 환생한다는 것이다.

김시습은 "무시로 휘청거리는/ 창백한 강물 아래// 불현듯 살아 서는/ 조선의 심줄 하나// 두고 간 푸른 기침 소리/ 가슴 깊이 울린다."(「김시습의 푸른 기침」)와 같이 불현듯 살아 서고, 「황진이와 달」에서 황진이는 '벼랑 끝에서 환생'하며, 매창은 '부안 벌 그 너머 중천에 낮달'로 떠 있다고 했다.

최남선은 "낙하의 말씀을 새겨/ 가슴으로 심는 징표// 그날의 ·지평을 열고/ 빛으로 서신이여// 청태 긴 한 칸 정적을/ 꽃바람이 닦는다."(「소원(素園)에 새긴 봄빛」)라고 했듯이 빛으로 섰으며, 김동리는 "별 내리고/ 이슬 영롱한/ 순수를 경영하며// 그 미학 홀로 일으킨/ 참대밭의 푸른 빗질// 날마다/ 까치놀 위로/ 임은 걸어오십니다."(「금동리(金東里)」)와 같이 날마다 걸어오고 있다고 했다. 가신 님은 아주 간 것이 아니라, 날마다 새로운 모습을 하고 다시 돌아온다는 것이다.

6. 노래여, 눕지를 말고……

산이 가로 막으면
높이 날아 산 오르고

짖어대는 밤바다를
너울너울 건넌다

때로는 곤두박질한
천 길 벼랑도 있었다.

햇살 한 잎 따물고

목화밭에 깃 내리면

욕망들이 난무하는
이 시대의 북새판이야

찰나에 사라져 버릴
요지경 속 아니던가

노래여, 눕지를 말고
무쇠처럼 울 일이다

피 뱉으며, 혼절하며
잠긴 목청 다 틔우며

움추린 산빛을 열고
강물 흘릴 일이다.

─「노래여, 눕지를 말고……」 전문

　반복적으로 회귀하는 시간의 틀 위에 꿋꿋하게 뿌리를
내린 김남환 시조의 미학은 그 언어의 연금술 못지 않게
활기찬 건강미로 더욱 빛난다. 제1연의 '가로막는 산' '짖
어대는 밤바다' '천 길 벼랑' 등은 시인을 담금질하는 장애
물이다. 거기에 '욕망이 난무하는 북새판' '요지경 속'과 같

은 시대적 배경이 깔려 있다. 그러나 시인은 장애물이 많아질수록, 세상이 요란해질수록 더욱 기운이 솟구치는 듯하다. 세파에 꺾이지 않고 '무쇠처럼 우는 노래'를 부르겠다는 의지를 표백하고 있지 않은가. 김남환 시인의 작품에서 느낄 수 있는 감동의 원천은 연륜에서 오는 깊은 성찰과 함께 연륜을 거역하는 활기참에 있다고 본다.

끝으로, 이 시조집에는 몇 편의 사설시조가 실려 있는데 그 가운데 「우화로 엮은 박쥐 이야기」는 상당히 풍자적인 작품이다. 이 작품에서 김 시인은 '박쥐'와 같은 사이비 시인에 대한 따끔한 경고를 잊지 않았다. 남의 목소리에 제 목청인 양 주둥이만 달싹대는 뻔뻔스런 낯바닥, 허세로 꽝꽝 다져진 두둑한 뱃심, 하늘을 두려워할 줄 모르고 청정숲 명가수들의 죽지 위에서 연극 놀며 껍죽대는 눈먼 엉터리 등이 이런 박쥐들의 특징이라고 했다. 이 글을 쓰고 있는 필자야말로 명가수의 죽지 위에서 어릿광대 짓을 하는 눈먼 엉터리가 아닌가 싶어 갑자기 오금이 저려온다.

김남환 연보

1933년 경북 김천에서 출생하여 성장함.

1945년 김천여중 3학년부터 시 습작.

1948년 김천 여고 재학중 전국학생문예작품 공모에서 시부문 입상.

1949년 김천 남녀고등학생 시 동인회를 결성하여 학생 동인시집 『백양(白羊)』과 『여명』을 출간함.

1951년 이화여대 입학, 학보 기자로 활약하였으며, 이화여대, 연세대 합동문학의 밤에서 이화여대 대표로 작품 발표.
기독교계 잡지인 『새가정』에 자유시 발표 시작.
4학년 재학중 폐결핵 재발(세번째 각혈)로 자퇴 투병.

1968년 시조로 전향, 영남시조문학회에 입회, 동인지 『낙강(洛江)』에 작품 발표 시작.

1972년 『월간 문학』 시조부문(1회)에 시조 「가을에」가 당선, 문단에 데뷔(심사위원 이영도).
한국문인협회, 한국시조작가협회 회원으로 활약 작품 발표.

1975년 한국여성문학인회 입회.

1983년 첫 시조집 『시간에 기대어 흐르는 사랑을 듣네』 출간.
제1회 송강시조문학상 수상.

1986년 제2시조집 『황진이와 달』 출간.

제3회 동포문학상(우수상) 수상.

1988년　제3시조집『섬 하나 띄워 놓고』출간.

정운시조문학상 수상.

1991년　제4시조집『가을 바라춤』출간.

1995년　제5시조집『수틀만한 창을 내고』출간.

제3회 이호우 시조문학상 수상.

1997년　제6시조집『이차돈의 강』출간.

제34회 한국문학상 수상.

현　재　한국문인협회 시조분과 회장(1998년 문협총선거에서 당
선), 한국여류시조문학회 회장(2000년 10월), 한국시조시
인협회 부회장, 한국여성문학인회 이사, 미래시인회 고
문, 이화여대 동창문인회 이사.

기　타　한국문인협회 감사, 이사 역임.

한국시조시인협회 감사, 이사, 부회장 역임.

한국여성문학인회 감사, 이사 역임.

미래시인회 (월간문학지 출신 시인들의 모임)회장 역임.

이화여대 동창문인회 이사 역임.

한국 여류시조문학회 초대 회장 역임(1998년 10월 발족).

참고문헌

이우걸, 『우수의 지평』(이우걸 평론집), 동학사, 1989.
김제현, 『현대시조 평설』, 경기대학교연구교류처, 1997.
박영교, 『시와 독자 사이』, 1999.
김제현, 『현대시조 작법』, 새문사, 1999.